我的世界只有你最懂

蔡梅芬 著

新世紀美學　出版

找回心靈深處的祕密花園

許世賢

每個人心中都有一塊肥沃的夢土，那裏有精靈、天使與彩虹花園，隨時可以鑽進去的祕密心靈空間。隨著年齡增長，有人再也沒有開啟那道門，這塊肥沃夢土逐漸荒廢，再也不識前往的路徑。這是成年遠離童話的開始，生活中的競逐讓人無法擁有更多想像力，除物質生活外，再無更一個可以任心靈憩息的空間，無拘無束做自己的夢。當人們想像力喪失同時，浪漫情懷逐漸遠離，日子的重量就愈加沉澱。

蔡梅芬的心靈夢土從未關閉，在經歷成長的生命歷程中，始終保持赤子之心，即便遭逢曲折情感考驗。仍始終在心中充滿愛、希望與浪漫，她就是從未關閉心中夢土的靈魂。政大公共行政系畢業的她，發而為文非憂國憂民之作，卻對心靈世界充滿好奇，心思細膩地以書寫自我療癒，維持內在心靈的平靜與快樂。每一片雲都帶給她無限遐想，每一朵花都給她深沉感動，每一場綿綿細雨都是上天溫柔的淚滴。

蔡梅芬寫作不常投稿，幾年前開始在自己臉書連載發表，讓許多人找回自己心中那塊沃土，那孵育夢想的心靈空間。除了成為她的忠實讀者，更跟隨她提筆創作，藉書寫療癒內在創傷，藉書寫激勵自己以浪漫與光明的心境，不論日常生活多麼緊張，卻在書寫當下忘記煩憂，以正面積極的態度面對挑戰，以美好書寫散發自己的哀傷。不論詩詞歌賦以文會友，蔡梅芬熱心親和的形象，常保年輕的思維與觀念，宛如施展魔法的文字魔法師，感染周邊每一個人，甚至遠在阿根廷的讀者。

對愛情的憧憬與浪漫無疑是人類永恆的生命情懷，每個人必然經歷的美好深埋心中，當遇到美麗心靈符號即時喚醒，這是古今中外抒情詩歌膾炙人口歷久不歇的原因。閱讀蔡梅芬的情詩宛如與心目中的情人心靈對話，字裡行間充滿濃情密意，真摯情感自然流露。這一生一世中，任何人都需要愛情滋潤或浪漫情懷，任何人都曾談過或嚮往愛情與心靈契合的人生伴侶。夜深人靜時，床頭燈下展開書頁，讀一首蔡梅芬浪漫情詩，讓美麗符號帶領神遊自己遺失的彩虹花園，伴隨進入夢鄉。這賞心悅目的畫面，也是洗滌一日煩憂心曠神怡的魔幻時刻。

本書輯三拉布蘭宮殿更是蔡梅芬想像力的化外之地，充滿新奇的小故事，漫遊字裡行間，徜徉不同的魔幻時空。蔡梅芬堅持創作的夢想，本身就是一個築夢典範。本書以紙本精裝精緻面貌呈現，這只是她出版的第一本情詩集，給世界的第一份禮物，收藏愛與夢想的寶盒。她將不斷書寫，樂於飛翔的文字。

人間行旅巧遇美麗彩虹

蔡梅芬

相信每個人對愛情，都曾充滿幻想與期待，我也不例外。愛情就像枕上的夢，有時滂沱大雨，有時明媚晴日。我們都枕在上頭，時而聽雨，時而等待彩虹。於是，我便用盡我的青春，走過一路巔跛泥濘，在天光未息的花園中，為自己採一束百合，做為生命驛站中，旅人的標記。我從愛中來，也自愛中去，光中有愛，愛中有光。

然而，每個人心中都住著一個魔鬼，控制著黑暗，讓自己冰封著不快樂。同時也住著一位天使，像陽光熱情融化著心裡的冰山。生命總在黑暗與光明的矛盾中成長。當我有所體悟，在黑暗還來不及散播時，我選擇用光明照亮自己，於是我開始用文字療癒自己，希望有朝一日也能療癒別人，這是我寫作的起心動念。我並不是因想成為作家而寫作，只是想以文字記錄自己的生命，希望能帶給人們一些心靈的觸動跟撞擊，若能因此也療癒了別人，那豈不是美事一樁？就像人間行旅中，巧遇美麗的彩虹般，充滿喜悅。

何其有幸，在我逐夢過程裡，遇見了宛如良師益友的詩人許世賢老師，他告訴我什麼是武士，什麼是武士精神，武士該有什麼樣的使命感。他認為文字之於寫作的人，就像武士手上握的刀，是神聖不可褻瀆的，更不能隨便拿文字當武器傷人，而應以文字輕柔撫慰人心。這樣的諄諄教誨，頓然讓我茅塞頓開。雖然我的書寫能力有待提昇精進，但我以書寫生命當下每一刻而快樂。我的文字是為追求心靈慰藉與浪漫的人而寫，從具象而抽象，甚至意識昇華，淺顯易懂。因為書寫，我感受到自己存在的價值，希望我的出書，能夠拋磚引玉，讓文字的力量，獲得廣泛正能量的迴響。使這本書亦能成為分享的禮物，讀者可藉由我的文字，自我療癒，自在飛翔。可以如童話般，像穿着小紗裙，潔白純真的白雪公主，有七矮人守護著，也可以是騎馬御風拯救公主的白馬王子……面對生命歷程雖難免驚險，但最後都有美好的結局。每當我睜開雙眼，靜臥文字堆中，已不需費盡心思，汲汲於參透來世今生，因為我知道，人的皮相會隨歲月銹蝕蒼老，但文字卻可以美麗永恆。

出版本書這一刻，就是見證的開始。文字彷若天堂，它不是一個地方，也不是時間，而是一種完美狀態。可以讓我們悠遊在任何時間與空間，飛翔於過去和未來。透過最困難，最有力量，最有趣的心靈練習，看清每個人隱藏的善良本性，並幫助他們親自去發覺，進而能體會仁慈與愛的意義。我堅信文字與魔法始終在等一個人，那個人，就是你。

▍目次

我的世界
只有你最懂

┃目次

我的世界
只有你最懂

謹以此書獻給愛我與我愛的人

輯一 紫蝶花影

心向何處

黃昏
在北方蒼茫的天邊
漫過大草原

從寧靜到蒼茫
書齋裡
點點翠葉鐵線蕨

沉寂的秋日
不語不言
遠方蘊藏漫舞輕歌
不曾閒

漸漸地
自己端坐成
一杯苦茗
完全沉澱

純淨與孤獨
聽著
來自心底最清越的音聲

秋日之美很率性
是天地與我同在的季節

走進真情至性的草莽森林
只為不錯過
你對我生命的指引

只有最深的寧靜
只有最高的清矜
方能俏然蓄集你
如涓滴歸向大海
如塵沙堆積丘山

黃昏
終究只一掠
走了
像一個春宵輕夢
掠走了
渴睡人的眼

廣闊草原很美
夢裡
詩情畫意
依然相隨

2013.10.8

晨曦，彩虹

朝東的天空
很亮 很亮
心田有個小小窗
陽光窗台
花兒開放
一幅彩畫
寫意　純粹　芬芳

默默走在清晨
月台無人等候
雲朵天空悠遊
只有她最清楚
彩虹的深淺濃淡
人群的離疏蕭索

不想有人思念與否
只是無訊號的漫遊
腳步停停走走
明明滅滅的念頭
藏躲入蒼穹
不談人我

只細數因果
遠比風雲還繁多
彩虹也許消失
列車也許錯過
攤開的畫紙還在
我等在南下月台

未乾的筆墨
書不完的心雨滂沱
等待下一個晴天
第二道彩虹出現
你從陽光中來
對我
娓娓訴說

2013.9.18

夜語

深夜風中
水邊少見的身影裡
時遠時近
過去和現在的距離
在吹拂中浮沉著

思懷牽引你我
長憶的夾岸垂柳
如夜語翻動
句句斜飛斷續
瞬瞬夜夜
年年月月

透亮在深邃迷濛裡
起落在遠方
難以辨別的單軌線
若有似無
微顫中
欲語還休

靜影無聲

只想把天空染透

將真情逐流

未安孤月中

等待浪游後

再一次的圓

純真的起點

向離別經年的遙遠

緊握你

在濃情的秋天

在清澈的水邊

追尋飛織的羅網

柔細如輕裳

襲心寒煙水

長影裡

一些召喚

相隨

2013.9.3

布斯特陽光　1

風聲裡
有夏天的腳步
不曾有約
你卻悄然而來
那樣的光璨
是你刻意為我揮灑
欣喜又難抑幾分驚悸
陽光赤裸
樹影若隱若現

風聲裡
有驚喜的腳步
不曾等待
你如孩童嬉笑奔跑而來
小麻雀卻喝啾著
與藍天對話
雲心妙不可言

別輕忽
踩在腳下的石階
它是一條長長的預言

夜裡東方蒼穹
點綴冉冉星斗
藍瓦紅牆老屋
是註解我身後的
九天神話

2013.7.23

布斯特陽光 2

在季節與季節追逐中
有風有雨
一次又一次
跌落了夏

花叢裡一束淡去的記憶
揮不去
渺渺空間思緒
踩旋律的序曲
姍姍起舞
舞以歲月
喃喃聲息

寂寞孤獨
恆常是過客
陽光卻讓我
感覺你的心意
是夜的夢中呼喚
是窗前萬千風情

每個風起扉頁

都有芳華初綻的心事
每寸金色陽光
都有錯綜攀附的情絲

2013.7.26

布斯特陽光 3

是風砌的城
是雲開的花朵
不是舞蹈
非探戈
楊柳枝葉婆娑
翩翩無不婀娜

七月盛暑
不是童話季節
微風
卻輕張翅翼
當我參透妳眼眸深意
握住的
是妳纖纖小手

幽靜角落
以花題字
織詩成夢
容我預約妳的溫柔
編寫我為詩
好綻放妳的夢

小燈一隅

像歲月渡口

幽幽然然

緩緩落下步履輕聲

我的存在

因妳而砰然心動

2013.7.28

布斯特陽光 4

時間漸漸
停進暗黑格子
好似去一趟廢墟旅行

一道午茶點心
不是無言語可佐食
只是赤裸坦白有刺

在乎的事
就那麼一點點
還是不經意打翻
手裡那只杯水

你緊閉雙眼
畫著圈圈
看我單人表演
你似非笑
只留下空氣泡沫圈圈

老去只是一瞬
我的眼

看見雲朵拔營的畫面
我的耳
聽見海潮退去的聲音
我無法指認背對的模糊
那是你離我最近的一瞬

而天空
我深深戀過的人
是否
等待在雲淡風輕的金色裡
隕石般
朝我所在之處墜落

2013.8.5

布斯特陽光 5

雲兒撩撥憂傷
坐在無邊的孤寂裡
深霧中太陽的影
撫弄透明琴弦
冷冷顫著

彷彿
漂泊在松濤之上
點亮著心緒
不辨色澤的渾然裡
我的翅翼已凝霜

也許
還有微細的音樂
散放著草香
也許
還有明亮的小窗
無言地
透著藍白碎花

多少雲飄日子我走過

多少風襲夜晚已如昨
我那煙流的長髮呀
沉靜遺忘在
蕭瑟的秋心裡

2013.9.14

布斯特陽光　6

夕陽抽出了金線
編織著螢橋的晚妝
我讓霞光套住了韁繩
把心嫁給
櫥窗外的風聲

一朵出瓶玫瑰
一瓶開封醇酒
引領我
在櫥窗幽靜角落

時空靜止了
彷彿進入夢鄉
醉入蜜糖花香
讓人酩酊

風飄如羽霓裳
燈熄後靜寂
我的眼
才開始發亮

2013.7.26

山抹微雲

是誰
催皺了一池春水？
也催醒了
千萬斛相思

縱有
楊柳風輕輕
夏豔
隱身處處
只能夢中
與你相依

絃歌已漸杳
你的笑容依稀
山抹微雲
心的角落
西暮靜寂時分
說與誰聽？

2015.7.6

月，靜靜懸掛

清澈的光暈裡
我坐著
用無奈撫摸空氣
這逝去已久的溫柔
如水的月光
浸滿中天的夜晚

恍若隔世的記憶
也曾經這樣哭泣
像殘風撲火的飛蛾
搖影
拖曳在淚溼的屏風上
滿眼的故事
也已陳舊

我
偶然地路過
偶然想起
來自幸福的莫名失落
如此清晰溫暖
如此遙不可及

不可再觸及的
記憶

夜光
呈現古典式的美麗
在夏的季節
關於
失去的海邊記憶
一扇窗口的人影
都是不經意
如我般
輕輕拾起

2014.7.8

遇見～第六感生死戀

我向無盡的夜空吶喊
拋出了一顆悲傷的心
星月寂然
相繼隱沒
浮世風亦無語
雲雨也
漸漸遠去

許是
渲染了墨的心緒
許是
黑色羽毛在眼前清晰
紛飛的白色花瓣
飄零搖曳
多少思念紛紛
多少回憶頻頻

我向心湖投下石子
無端拋撒
我纖纖的柔情
不是心不在意

我
僅僅只是
我
僅僅只想
無端地
驚醒你

2015.8.2

林蔭

許是有恃無恐
這般的清淨自在
許是瀟灑一回
那樣的自主隨性

如此不假思索地
繞過人群
如此溫吞地掩藏
內心衝擊

如是想
時間淹沒在
滔滔懸河中

如是想
恣意 吟唱在
詩意聲聲裡

儘管
蹣跚走著
莫管
冷落清秋

人生幾多把酒言歡
不過
杯盤狼藉一場

飄忽的心事
彼此迴旋告白
又如何？

一個人走
一個人歡憂
總可以
輕輕來
淡淡走

無關風雨
無關輕愁
淡淡地
無風無雨
輕輕地
走在林蔭

2012.8.30

逐影

滿眼夕色
半枕秋聲
潮凄冷

影入蔚藍
一痕凝凝
望煙塵

海中的晚光
囚於楚歌四壁
襲面風吻

步履屐齒寂沉
迷離花紅不透
鉛霧窈深

柔音不穿
午靜
對儼肩扉門

炷炷燭燄舞

隨舞隨滅
縹緲輕撩
若淺泯紅唇

如是
典當我的幸福
以我的青春

換你溫存
化身的靈魂
在日將西沉時分

2013.8.30

夜，未央

月影搖曳
今夕天涯
玉樹陌上臨風
花一樣嬌紅
若燭火閃爍
如荼蘼烈火

今夜
我想飲盡日月星辰
獨杯千萬閒愁
霧朦宣紙
冥想點點墨

潤撒的是石頭戀人
柳岸水
迢迢若煙塵
許是
一生夢想逝去
什麼也不曾記起

靜靜夜裡
依然乘風追尋
倘若我有淚
願藉月光

勾勒這昂然的一瞥

熾熱的諾言
早已封鎖我
琉璃似的眼
單純而易碎
在境外伊甸園
昏黃的秋天

假若你是我的眼
我的心
你會看得見
火蛻的心蓮
是否讓你昏眩

千皎靈犀點點
風絮天中飛
只能暫躊足於地平面
抱擁思念
日日夜夜
朦朧是美
我的夜
未眠

2013.8.27

擁抱，秋

風微微
千種柔情
映照歡喜紅花
盈盈透香

秋月金黃的夢
緩緩編織著
輕輕飄灑
在初日迷濛的谷口

纖筆點墨
揮灑餘碎的天空
塵囂向晚街道
燈影焰焰
醉臥石階盡頭

點點飛螢
仿似天水濯我衣裳

夜沒有絕對的黑

尋著夜

我等待擁抱

童話裡的月光

2013.8.25

愛，存在

多雲的海邊
牢記你的好奇
檸檬啤酒擱在懷裡

笑看你
等量的暈眩
輕輕拆封著
你思念的信箋

紙箋在風中
不知如何攤列
一個人的孤寂
難以相依

我慣性的漂泊
恆常的許願
沒有別人
只有你幻化的影像

冰涼地磚覆蓋方毯
等待你的輕踏

藉以玫瑰鋪陳

相聚每一個夜

美麗的再見離別

別說不怪

我能了解

當朝汐掩去真情如你

一些如願的

一些遺憾的

如焚心寂

縱然

相遇終歸只是偶然

一念之間或輕或重

就從今夜起

我心靈

已相繫

2013.8.11

夜泊

唧著海潮的秀髮
隨風擺盪
挑著絨線般的天衣
一季醇香裡
滂沱雨落入海

若孩童無知天真
沉睡如泥
彷彿
燦然窺探的瞭望
傾心於海

雲霓的城市
風圍重重
沉沉於灰淡的月光
野玫瑰拂過綠銹橋頭
樸樸緊扣琴弦之音
攬雲梳風的石牆上

砰然自喧嘩穿越沈默

一切傾心化作天藍

乘著悠然獵風

將夜未夜

潮水映入星雲舒捲的目光

我踏浪而來

礫礫聲拴在石樁上

夜燈趨著希望

停格在你

幽幽裎露的

臂彎

2013.8.21

只想對你說

我的夢裡
有一床暖被
甜甜無憂
幻化幽如水
已然的過往
若飄雲讀秋

行人不絕
道旁儷影雙雙
我們陌生而又親切
當我揮筆雕刻自己
以淚塗抹這一生
那曾經屬於你的天空

天際有火 太陽
冉冉升上晴空
當夕陽西下彩雲片片
金色餘暉中你我併肩

觀夜星隕落的淒美

賞更深露重的悲

今夜我唱起了如風之歌

閑情在茫茫裡流浪

今夜我將是你的新娘

能否請你小心翼翼

深情注在目光裡

將我輕輕地

放在你的肩上

2013.8.19

雲紗波影

又是陽光的垂簾
掀開了夢眼
又是煦風的輕撫
隨波逐浪和聲

滿眼意
頻叩潔亮窗玻璃
如燕的樂音
劃出了空間旋律

百葉有明窗紗
太陽在飲
你看不見我
寧思沉重的眼紋

最沉酣的一瞬
斜映日影
是雲彩的化身
掠過潮水心間
深沉在

每一朵即升的街燈

月華濃化了
那伊甸園的永恆
我的眼
不閃爍你
微微流動的波痕

2013.8.15

夢無悔

陣雨之後
水本無色
花影照映
閃出瀲豔彩光

風無聲無息
撫一池夏荷殘葉點點
天空潔淨
為什麼
我的眼神還是憂鬱

雲路過
認出我是無悔的蝶
採擷在花間
每一朵
都是我今生的夢

但願
今生之後還有來生
雨虹欲走還留

恍惚中
你是否瞥見
我眼中含著的淚光

2013.7.22

花雨夜

找不到一彎歲月
悠悠臨照你
化千古的落寞
孤獨
是夜行者的執著

風在路的盡頭
揚起的衣角
不刻寫你的名
雨中輕輕飄起
那屬於夜的凌亂句

想像如飛瀑迴旋
幾分難抑柔情
如夢落我一身衣
夢醒
是無奈
是驚悸

2013.7.22

煙花若水

面具背後
究竟是
什麼樣的眼神

冷漠與熱情
只有一條邊界
如漫天螢火
若隱若現

絢爛與幻滅
是不是
只有散落的淒美

容我
向精靈借星星的淚
藉風兒拂去心底的悲

煙雨花間
獨奏一曲春逝水
悠悠東去不復回

2013.7.16

浮生記

心事
已折成一頁風帆
我漂泊在歲月之海
游游蕩蕩
日日夜夜

輕拾起
流轉紛飛的心
靜棲遙峰一點綠
渾沌寫意潑墨色
風微微
花影絲竹拂過

颯颯凌雲而來
豪情寄語遠方而去
幾回青春悠雲散
季節雨後
蕭疏華髮已兩鬢

悲歡浮生

千丈軟紅心深處

是一灣

不染塵煙的清流

2013.7.18

靈心

滄海明月臨照時

燭光有淚

陌上桑田青青草

花影紛飛

感時風緘默

綠光彼岸拂曉

漫漫輕霧

只緣此生

靈心俱相隨

2013.7.15

魂縈舊夢

一灣溪流
雲朵風裡溫存
回聲幽谷沉靜

老去如夏荷凋零
心在蓮池裡棲息
最是風霜旅人情

清荷遠方
聽誰哼唱
舊夢魂縈
卻說
在咫尺天涯

2013.7.16

琴音小舟

千萬祝福千朵雲
琴聲飛揚
悠然已夕陽
愴情尋覓無縱
相逢只於一宵

染濛濛空寂
以一湖清香
露滴葉荷
盛以一掬思想

還它湖平如鏡
照見星光
兩眉鬢已霜
堤上柳花絮依舊
桃花輕薄如昔

殘心未補
若有今朝明夕
求來世願今生

注一個音符

訴一段往事

萬點星光萬點淚

殷殷相問

縈縈琴音

如荷飄漾

撫長琴而來

共此小舟船

舊韻依依

星光在眼中閃亮

2013.7.16

向天空借一朵雲

向天空
借一朵雲
嫣紫淡釋無聲
飲幽幽淙淙水
醉了一季遺忘

感情久別陽光
目光像風般自由
再無意探索回憶
真情是唯一行囊

2013.7.15

煙雲聚散

春盡芳扉
情深依舊
滾滾紅塵邈然
水色畫面
款款蓮步盈岸池邊

何忍匆匆賦別
凋零落葉緩緩飄墜
心頭一朵
過路雲煙

2013.7.12

初心

最初的心
燈暈中讀你
畫像嵌在睡夢裡
最後秋水之眸
淡淡花間飄零

風煙拂落悲與喜
浣一池幽湖
雲一般無心
星一樣輕靈

2013.7.12

方城之域

不看飄過來柔柔雲朵

曾纏綿多少日子

不聽簇擁燈海教堂鐘聲

曾走過多少夢中婚禮

抬頭只看

風雨走過 ..

絢彩染過

紅塵之外的小小天空

2013.7.10

獻祭

就這樣吧

別掛心上

一場雨

兩份忐忑的心

窗遺失了捕夢網

月淡去了清光

獻祭裸赤之心

夜是只空杯

悲涼寂靜

2013.7.11

冷雨

冷雨未歇

輕柔飄落一枕幽夢

黛眉濃情伏醉睫

雲裳柔情

將遠行了

一方純靜

草原花開常綠

湖畔足音不前

輕波已醉

曠遠託寄

一輪明月

2013.3.10

浪花一季

悸動

在寧靜海之夏

點燃一季浪花沸騰

風漸漸輕

雲也悄然走了

天光微微依舊

夢不追尋

心卻擱淺

夕霞伴隨異色夢

感我如飲

冷冽清泉

2013.7.10

黑與白

比白更白
比黑更黑
無底空谷
雲與陽光總和一片

日日夜夜
夢蜷縮於永恒
一條向遠方的路
幻化成彩虹
能量不滅

奔馳於一次偶然
玫瑰荒原悄吟西風
微雲驅散

2013.7.11

夢的邊境

穿過
夢與等待交界邊緣
輕輕淺淺呼吸
疏疏落落踏月歸來

夢過
午夜核心
風塵飄泊著你的消息
焦渴眼瞳醒了天使

忘了帶燈的星
薄如蟬翼的誓言
多少寒夜雨中行
遠遠地
遠遠地

2013.3.11

今夜，有風

今夜也許有風

窗外也有露花紅

我暗忖著

因此分了心

聽著書頁落地的聲音

閉著眼想像

你不在我的視線

迷茫之際

寫出夜的空

2014.5.14

夜的聲音

這裡安安靜靜的
月夜的星空下
彷彿身外之夢

夢裡有落羽松
落葉輕盈一地
好一處
清淨所在

詩人可以靜默
於天地玄思
宛若精靈仙子
靜聽
夜的聲音

2015.12.6

輯二 湖畔雲深

湖畔雲深 1

細撫窗口的殘舊

手邊的茶　由淡轉濃

由濃轉澀　澀而變苦

庭園裡茶花已盛開　佈滿花園

我來你去的石板小徑上

清冷的石上　花兒散發著淡淡香

寫著簡單透明愛

默默裡 許是雲深

掩埋了你的足跡

茶水始終盈盈

也許你早已回來

只是　我來了你已離開

也許　你就在身旁

只是　我沒察覺

漸涼的茶　漸黑的天色

思念的心

卻已沸騰

2014.3.16

湖畔雲深 2

面水端坐　以水為鏡

蒼蒼黃昏之鳥　默禱明鏡之心

是我最怡然的寄情

身在紅塵不染塵

無為而無不為

禪悟如水鏡般澄明

凝受生命曾經的隱痛

不再只是探索

我站在湖畔看風景

風在藍屋頂

當明月裝飾著一簾幽窗

看不見的深處

是否

你也裝飾了我的夢？

2014.3.167

湖畔雲深　3

霧雨來了

遙祭在山谷啟幕

吟一首香楓之韻

歌聲遠去了

是誰？隱沒了爭輝的星斗

又是誰？調戲了婉約的月亮

那一口汲水的井

通過黑瞳

汲走了我的形影

倒映水面

在水一方

那窄窄的天空

2014.3.17

走過，夜的夢紗

親愛的

能否請你告訴我

如何才能把心話說盡？

每當夜來晚風輕襲

筆前沉思

那昔日歡笑總帶著光輝

因為無所求

所以我來了

夜涼的風中

依然擁抱著

一個永恆的夢

2014.5.12

碧波，寒煙翠

許是不堪思念

你的眼神滿含幽怨

冰冷的感覺

恰似水潭上飄過的輕霧

披散枕上髮絲

恣意的潑墨

當我悄聲著衣

撲面的寒氣

漫過心潮的波動

一絲風　　一絲雨

像古牆般蕭然

我走的很緩慢

等你

離我的夢 卻越走越遠

2014.5.11

想你，會想我嗎

也許
只是不經意翻閱風雨
在交換秘密的季節

彼此深情的遙望
而夜雨披在肩上
濺濕了回憶

回憶在
晨露向陽的微笑裡
星斗夜晚的螢火蟲

我想
畫下琴聲裡的燭光
寫上詩情和太陽

只是
畫意被風
吹散了幾頁
浪漫的懷想

2013.3.11

屬於夜的你

歲月的折角

零星幾盞燈火

月光已擱淺

自蕭邦夜曲中

最後的遲疑裡醒來

那幽影

褪色了

在

霧開始飄散的時候

2015.8.6

過渡

時間靜靜的 小立於風中
呢喃耳裡 是睽違已久的名
數落了一季又一季
夢前塵看路　如煙升起
滿溢日暮紅雲 時間彷彿停止
春天有芳醇之意
每一片落花都知道
歌有愛戀之情
每一道凝視都淒涼

2014.3.8

水岸，假寐

晚霞的流光裡
我像漁舟在岸邊
沉睡了一個下午
水波諧律
留有夢中你我
艷紅暈染下的追逐

我以詩的律動
晃漾著你堅毅的心
你說
這是面對命運的決心
對抗著屈從的勇氣

文字與語境間
紙頁的深情
皺摺在海平面
凝視著顫動的水波
和幽然雲影的飄過

數不清幾度夕陽
你我相遇在時間河口

海的日記
還留有夕陽未乾的筆跡
我在水的岸邊
閱讀著時間

冥想稀稀落落
滿潮情緒浮現一頁頁
時間迷宮裡永恆的夢
宛若螢火蟲羽翼忽隱忽現
等待流星劃過那一片
你曾為我許願的夜空

2014.8.25

春纏

我在你屢次設下的夜裡

等很久了

千里泥濘的雨地裡

你才走來

幽幽怨怨對我

吐盡微弱的纏思

我在遠方焦急等待

寂寞時在潮濕後院

用你的思念 寫我淒楚小詩

倘若花葉落盡

我將隨荒涼的春歸去

兩顆不安的心

卻　　互在雲深不知處

2014.3.8

冰雨

夜來 沒有星子

也掩不住　不能言談的赤裸

春露還寒時　仰飲雨中剩餘泡沫

每次呼吸都是真情

每每雨來　隔著窗

兩個彼此熟悉而陌生的臉

是這般靠近　卻聽不見

風牽動著影

雨的衣裳　輕盈一片

2014.3.9

遠方縷煙

伴著月歸

星夜是你的冠冕嗎

流落的眼

望著那條水平線

望到縷縷輕煙　在遠方綿延

天空自由向你

大地遼闊向你

而我 眼前風景是你

或坐成山

或躺成平野

是醒還是睡？

當雲朵浮移過來

你如花般的凝眸

與我相視的那一瞬

將比永恆更永遠

2014.3.11

偽裝的風

牆角　有一抹蘿蔓碧綠

千般纏繞

花開花落間

望著你離去的背影

我偽裝如風般泰然

落漠歲月過後

夜深時　且聽風聲

風裹著我

在悵望中

我的眼底裹著思念

沒有人知道

寂寞的夜空下

誰在踽踽獨行

趕走晨　趨起暮

風雨中

那一顆　歸盼的心

2014.3.17

後山日照

松林路已無　　松林漸消失

風聲在山間　　恣意樓台小立

遙望　　以攬月之姿

小徑風語絮　　偶會於黃昏時分

是否春簾未醒

且讓我 浪漫奔馳一季

那雨後藍天的日暮

一扇窗面火紅　　如雲在飛

悠悠等待浮雲的淺笑

你那一臉羞赧　　如癡的醉意啊

映畫般投影　　在我依山的意象

綿綿春雨中　　看不見

2014.3.29

畫夢

很久很久以前
曾經這樣想過
我是
來自相思林的一陣微風
向著你的天空
兩顆心
像太陽一樣鮮紅
擦身而過的歲月
如夢匆匆
而甜蜜
在你我心房滿充
你是否也曾經這樣想過
輕拂過你我衣衫的和風
在天邊
掛上美麗的彩虹
我是曾經這樣想過

2015.12.30

折翼的天使

也許妳累了

也許不再想過問凡塵

愛不愛聽　愛不愛看　都無所謂了

無所謂春不春天

風起了　吹落了幾片葉

淡淡的三月　開始明白了

羽翼開合間　瞬如一生

撒手去吧　在映照妳的燈火中

未知的愛　已冷凝其中

未思反悔

2014.3.30

且聽風聲

夜深 風也涼

在草葉上　冷凝反思

只聽得風響

不知何來　不知何往

暗黑裡感知前路

城市人們已酣睡

夢中看見白晝沉寂　冥思在曠野

走過一個枯萎的冬季　在惱人春天

走上山巔　漫自水湄

自忖於熒熒亮光

像從劍刃上走過

一個流血的過客

雨後　　路漸漸亮

2014.3.17

石縫中的玉羊齒

羊齒的白色石階

眼中純白如雪

煙般的思念　杳然已無蹤

宛若千里之外

半截蠟燭　隨山風吹拂

一半灰燼一半愁

如淡淡的紅酒香

飄散在古典鐘樓

你將多情的眼

藏在幽暗的記憶

補捉你的影　名字投在風裡

白紗也在風裡

幽光裡藍染的　孤寂的心

踉蹌在　輕霧朦朧

就一片月光　縈迴魂夢中

2014.4.5

夜，有形

是夜　等在街角咖啡店

晚春將推開心房　無目的微笑

聚光

竟是午夜　難忍的糾纏

四壁藏著無數眼

半首歌仍在吟唱

斜倚著的　僅僅屬於一扇窗

那等待的　漫長的　長方形的夜

2014.4.22

夜，不打烊

回想秋風掃葉時分

已是去年的事

我曾靜坐於

無疊席的車窗內

我和我的孤獨

相伴在安息的秋夜裡

想著　在風中　在雨中

撒手寂寞路

黑暗成了同伴

想念的夜

究竟

燃燒了多少夢？

2014.5.14

向著你的那顆心

如果

有一天

想起你的時候

我會在走著的路上

揚起一陣風

當朵朵雲飄來

藍天映著夕霞

地平線在遠處引逗

遙遠而虛無

像句句貼心的叮嚀

鼓舞在風上

而你　是否也會

從遠方傳來問侯

這是第幾次了？

走過西沈的太陽

我立在這裡

看過不知多少回

昨日的煙雨與斜陽

2014.5.15

每顆星，都是自己

夜裡
每顆星子都是一面窗
我朝著敞開的窗
走去風露裡
幽禁一次春天

你問我從何處來？
伴著無眠
一莖搖曳的金綠
不滅的是靈魂
我是沒有刻度的時鐘
沒有年月的印象
每一顆星都是自己
當夜空中升起時
請努力辨識我
那時
我會如火炬熊熊升起
為你讀取
屬於你的一片片
煙的獨語

2014.5.17

遺忘的日光

當一截被遺忘的日光
穿過
虛幻而真實的時光
與我相對
我撿到一雙無憂的眼
在天色
漸漸暗下來的時候
也許
是偶然的眼神交會
但請允許我
成為一盞燈
能夠照見你的靈魂
升起你心靈最深處
那一點愛與溫暖
橋影如昔
波光中的容顏啊
我不禁問著自己
永恆是否
仍在
流逝的水紋中浮漾

2014.5.18

每分每秒，都是愛

晨曦中
水珠漣漪輕漾
每一分　每一秒
飄落著千萬顆的愛
每一顆
都將為你的歡樂滴響
漫過我的心潮
如樹葉迎風的波動
原來我的愛
一直是
在你的愛中滋長

2014.5.20

123，木頭人

陽光　如此鮮活

彷彿　置身於金灘的堤岸

有歡樂循環在希望中

不說話的時候

聽著寂靜

心是填滿的

我說時光呀

能停一停嗎？

你說時間在溜走

我們憶著兒時

陽光花間

想著詩

作著夢

2014.5.22

月牙灣的清晨

喜歡

穿過陽光的早晨

半月形的海灣

輕微白霧可見

一場美麗相遇的地方

雲兒

輕輕懷帶一本詩集

風兒

將為我拂下記憶

2014.5.27

紫色薰衣草

濃濃一杯

紫色的薰衣草

午后陽光的一隅

你來或不來？

也許

你只喜歡在雨中走來

倘若如此

時間會來就好

當陽光曬後

薰衣草沒了香味

我也忘了誰和誰約會

2014.5.30

徒影隨身

磬從深林吹

泉自幽石流

眼簾裡　懸掛著溢滿的春色

觀靈門深處

琴院盈香

綠蔭入戶來

山有白雲石

古剎無炊煙

遁入空無地平線

白茫茫一片

跌坐暮鼓中　忘卻自己名

剛走過的路

宛若隱隱輓歌　充盈於耳

春天的芳醇

每一片落花都知道

歌的激盪

每一道凝視都淒涼

想飛　對影成雙

也許快意

而　飛　不一定成雙

2013.12.1

輯三 拉布蘭宮殿

拉布蘭宮殿～時光隧道

捲起了雲

如漫畫無聲的飄起

幾度凝結的昨日之風

迴旋中

帶著幾片枯枝上的葉

襲過樹藤纏繞相思的山谷

繞過松鼠與布穀鳥耳語的巢

飛越憂鬱峽谷

奮力濺出向天水花

光束靜靜悄悄

暈開著

朵朵向日的幸福

2013.12.27

拉布蘭宮殿～幽靈號

總有幾個假設

是喋喋不休的人生真理

天真的孩子　在芒花的山頂

看那漸漸冷去的蘆管

在草地尋找撕碎的花瓣

細數著的童年往事

宛若白雲　尾隨流浪的風

在天空輕輕擦過

那午夜混沌中

我

筆尖上的夢

2014.5.30

拉布蘭宮殿～四分之三月台

十二月沈默的筆

總是難耐寂寞

帶著遲暮的心情

張著空幻的眼睛

紛雨而下的月台角隅

很熟悉的記憶

彷彿置身時空隧道

被風吹飛了外套

消失在十三天之遙

2013.12.16

拉布蘭宮殿～影子獨步

我凝望遙遠的雲天

眼神低迷不語

心中充滿了別離的愁緒

黯淡裡撕碎著褪色玫瑰

千言萬語　瞬時化為沈默

玫瑰的色香

雨夜失去了容光

肩上的歲月

輕撫著清亮的月影

斜風抖落了一身塵埃

我聽到了

寂寞天地裡

風與夜神的竊竊私語

2013.12.25

拉布蘭宮殿～月光印象

冬　唱遍了夜歌

仍然　還是她自己

足跡　流過歲月的皺紋

黎明與黑暗

流過波動後的無助

十二月　秉燭的聖誕紅朵朵

黃昏之後

昨夜的相思

只留下

流盼的我

飄搖

一如明滅燈火

2013.12.25

拉布蘭宮殿～憂傷的腳步

你的背影

漸漸消失在夜裡

闔上了書　收拾了心

你便開始遠行了

雲雨經過微涼小亭

手上沒有樽杯酒

只有潤筆輕墨

今夜還是微雨　林木寂寂

沈落的榮華枯葉

風來讓人打了寒噤

儘管瀟湘一夕

我仍為你祝福

殷殷望著離去的背影

心上寫著　孤獨

2013.12.25

拉不蘭宮殿～夜歌

一束黃花我收下了
離別的日子即將開始
年華　像黃花一樣

插在無水的空瓶上
好想可以
放縱看你一眼
然後　再凋落

情感在久別陽光後
沒有可移的花缽
彷彿太陽與月亮
我也只能
默默　從你身邊走過

2013.12.25

拉布蘭宮殿～寂

天涯咫尺

不見絲　不見線

夜既陌生

又相對纏綿

尋跡至此

疏離氛圍成一圓

圓裡三生緣

見證此時

無我無你

今生渾圓

情至深

意至寂

2014.1.24

拉布蘭宮殿～鞦韆

其實

我跟自己說了很多話

即使你在 我依然說給自己聽

而你 是否在聽

早已不重要

許多話 一直一直都是

在空氣中消音

沒有消逝

只是珍藏著

等待有一天

鞦韆 盪呀盪

說過的話

會在天際迴旋

或者 因為愛

經過了許多年

愛已無礙

也 無憎

只留鞦韆

依然 盪呀盪

2014.1.24

拉布蘭宮殿～瞳孔煢影

日暮夕陽

將影子剪下

貼在某年某月某日的記憶

風雨曾經走過的行腳

沿著光影

細細斜入遠方

風吹走的許多夢

灰濛裡

人影在冬季街角

穿過暮色另一方

許是燈火輝煌的繁華

當腳步停下 偶爾發現

曾經一分一秒

儲存的美好時光

在轉彎處

兩瞳漆黑

已送走了白日的故事

黯然離去中

只有淒然的夜色

留下

2014.1.24

拉布蘭宮殿～風之去向

窗外是風

風中是思念

沒有風的思念

是什麼思念

只是一縷輕風

為思念而掠過

那層層的天光雲影

我靜靜的聽著

許是破長風巨浪而來

許是隱荒煙蔓草而居

像一個時間的趕路人

穿梭雲天之間

也拋身於渾沌迷茫的煙塵中

僕僕風塵幻夢般

在紙上掠過

淘淘流去的

是青春的歲月

是純情的夢和詩

而每每思念的你

是否依然

仍在婆娑之洋
以筆　以夢
追　詩的方向

2014.1.24

拉布蘭宮殿～一簾幽夢

許多年後
夜半醒來
在沁涼的空氣中
用被單捲起一室的黑暗
裹著身子
耳邊盡是
屋外若有似無的浪聲
陣陣驟然
像久違了的
你的聲音
輕輕的
敲醒了我的心魂
那夜
許多消隱的往事
又來到我心中
像浪潮一般
輕輕地　浮起

2014.1.23

拉布蘭宮殿～與我同行

無法不看著你的背影
想像 你有英挺的鼻樑
你我都一樣
光鮮的穿著裡
總有一份襤褸的心情
氤氳的夜霧裡
我看見你
正訴說著
你對我的心意
而我
只得把懦弱隱藏
你的安慰 我無言以對
逆風在行路上遊戲
在你避風的港灣
我怎不想靠岸
只因 總是看不清
夜霧茫茫
你的臉讓我迷惘
將與誰同行
風景在眼前的天色裡
我的眼中你的我
是否 依然美麗？

2014.1.21

拉布蘭宮殿～誰來晚餐

燕子

掠過時間的水面

風

吹皺了一池心湖水

牽起歲月漣漪

水樣一圈圈

風聲 樹影 浮雲

舒展成了一幅畫

幾經歲月的磨蝕

那人

已走入 白髮漸生的年紀了吧

也許 他已變得蒼老

額上的皺紋　夾著

我無法理解的人世滄桑

當燕兒自天空飛過

劃過的 是一條半空的亮光線

是那樣的孤寂蒼涼

凝定在天光水影之間

隨遙遠的記憶

當我離去時　心亂如麻
只願他平順安康
星光燦爛中　抖落
一路紛飛風塵

2014.1.10

拉布蘭宮殿～籠

聽說

風化的路上

混合著泥和沙

遙遠的塵沙為幕

誰會去探個究竟？

也許 只留在籠中

編織自己的幻想

至於 八卦的傳說

就當成　兩翼的風

籠中願　化春泥

相思的勻勻脈息

是我 驚醒中的

落葉夢

2014.1.9

拉布蘭宮殿～流星許願

夜半

星稀朦朧

冷冷的天心裡

是將進酒中

闖落杯中的殘月

那殘月 空對流星雨

醉為一捲雲

燈火闌珊裡

獨許願於寒燈下

我蝶步漫遊

若燭光之煽情

將濃濃的戀

鋪成虛渺小徑

望見你

默默

向我走來

2014.1.9

拉布蘭宮殿～不滅之燈

最後一撮

灰燼之後

把自己 還給了風

而風 也還以空寂

夜 亦還原了它的黑

不滅的

是烙在心上的清光

像原野上

草草劃過的流螢

我在恬靜的夜中歌唱

你讀著我的音符

一個人

憂傷地欣賞

2014.1.8

拉布蘭宮殿～春之戀

平淡無奇的日子

也許沒有瑰麗繽紛

無情歲月也許帶走些什麼

然而 留下的

是精神世界

最珍貴的慈悲

也許 我不懂

生命是何藝術

對我而言

相遇 是一種玄機

如同 必然的告別一樣

小人物心中的夢

有亞理斯多芬喜劇結局

我願 來自美麗山嶺

願徜徉

天堂般 開著四季不凋之花

季節走過

茫茫春野

2014.1.17

拉布蘭宮殿～風告訴我

忘了帶走
最後的那聲祝福
再次許願
編寫星辰的浪漫
將自己放逐

在微風輕拂的長堤
想像
如嬝繞不落
輕煙一縷

遺忘微雲織成的幽谷
那轉身後的藏句
寫往
風的扉頁

2014.1.8

拉布蘭宮殿～米蘭之星

無車無馬無悸動
只有
陽光下孑影相伴
攀著花樹之門
手舞足蹈
旋轉
來不及回首
漫心燃起的是花火
隨枯葉落地無聲
怎麼
也遍尋不著
花樹間
有關你我的
點滴韻事

2014.1.8

拉不蘭宮殿～獨舞

尋不著
記憶中的路景
門外
飄下一葉梧桐
梧桐弄影間
漫步舞動

脫弦的翅翼下
我試圖將一片
臨別的冬天
剪成
寸寸斷線風箏

喚不回的是
繽紛嬌嫵的風姿
悠然四起
窗角之外
竟曳起了
非歌非偈的
飄髮

2014.1.8

輯四　暮之華

雨夜獨行

有一種相思

叫做　勿忘我

翔雲遨遊過千山

騎夢越渡過萬水

淺淡的呼喚

能不能

陪著陽光　走到最後

蕭瑟裡

欒花不得不凋落

眼眸中點點灰

有些神秘的詭譎

無星的夜

呼吸於冬風中

也許　心還未寒

已失真的記憶

早走過無數

一個人的天空

2013.12.12

星星滿天

窗外有谷

寂靜是深

谷底流過小溪

悠遠兩壁青山滿掛

宛若畫廊裡春天的畫

夕暉的黃昏

風輕輕拂過深垂的夢紗

扉頁詩句　像星星一樣

2013.12.12

芒茫

幽幽曲曲的山頭小路

野放在眼前

我問我的寂寞有幾許

在這芒花的冬季

也想忘情飄舞　自我放逐哀傷

昔日的煙消與風華

像謎一樣

攝心的金黃

佈滿我的眼

就讓風去尋找吧

那顆消失的心

在短暫而沉默的

藍天

2013.12.6

舊夢

風中的山城

透著冬意的悲涼

撩撥在髮絲裡

流滾的回憶

所有美麗與哀愁

深刻的筆觸裡

勾劃著生命的風景

層層疊疊的階梯

我緩行在漫漫的歸鄉路

穿梭的小巷弄

道旁草已黃

隔著你的眼

流過一閃虹光

許是　寂寥有孤獨況味

卻吹拂著禪意

風中的山城

如何讀你？

我知道

2013.12.12

冬裡霧影

九份的冬季有些寒

讓我想逃離

縱然這裡

曾經有我們

萍水相逢的美麗

失去光的太陽

昔日記憶不再照亮

巧遇你

一生只有一回

看海面靜靜飄織的霞緋

導演一場歡笑與淚水

遠方有裊裊炊煙　天色正幽微

只是悠悠歲月　不再有你

噓寒問暖的 聲軌

2013.12.5

雲雪

人說 灰太沈
我卻拿它來襯底
只是為了
讓白顯得純潔而無邪
但那卻是
悲劇的隱色

雲的灰白
彷彿自己
快樂與悲傷的合凝
是我在生命的畫紙上
刻意的留白

重重染暈灰白色調 .
在雙鬢間 .
正是畫筆滑過的
幾許風霜

2013.12.5

凋落的欒花（一）

有一種相思

叫做　勿忘我

翔著雲　遨遊千山

騎著夢　渡過萬水

淺淡的呼喚

陪著陽光　走到最後

秋瑟裡 欒花不得不凋落

眸中的神秘

卻是　一點點的　灰了

昨晚的星光

就著呼吸　吹出秋風

也許　心還未寒

而午后天空　善變幻化的雲

會不會　仍沉緬於

失真的　記憶

2013.12.5

凋落的欒花（二）

不知名的轉彎處

生命總是在哪兒停留

夕陽已沉澱了西風的顏色

兩朵雲在天際遠足

也交換了悄悄話

陽光的角落裡

我蜷伏著

那剛脫落的憂鬱

一如欒樹深褐的枯花

訕笑在風中

單薄　憂心楚楚

2013.12.5

記憶的天空

我坐在這裡

寫著一首

長長的詩　寫給你

如果心是間客棧

你就是風來去的鈴響

我等著

經驗這心靈的旅程

好趕上 你急切的腳步

無風無雨陪你

走過愛情

讓愛情

也走過一季季的秋冬

凋蔽的楓色裡

山谷無法迴盪

我萬千的心情

風掃落了一地往事

天空掛起了一張

只有你懂的地圖

隱藏的密碼寫著　愛

已等侯多時

2013.12.4

風車

午寐醒來
日光躡著腳
緩緩在夕暉中
太陽在陰影裡
創作寂寞彩畫
風車儼然不在意
不等待夢來臨
孤獨仍懸在心上
雲去了
在轉轉風車裡
依稀看見
四季排演著
歲月的一齣戲
忘記了又記起
我那美麗而惆悵的回憶

2013.12.4

夢裡的童話

寂寞很輕

像夢發光在彩色玻璃

我能看見天堂的奧秘

你的足跡

正帶著我的眼光

緩緩而去

而秋雲

淡釋在陽光裡

俘虜心情的柔網

那曾經初見星子墜落的驚艷

只有童話故事裡才有答案

亮采與光

掙脫了等待

以等待來等待

每一次佇立

寄詩等待

再一次

不期的　偶然相遇

2013.12.4

寧靜海

季風已然

來到了海洋的沙灘

你是不是打算

偷偷地用憂鬱

在溫室中植栽凋萎的詩情

沒有人教過我

該如何感受季節

讓什麼樣的心情

在脈膊裡跳動

當海洋在秋色裡

漸漸漲潮

我的心

又即將開始旅行

浪花的回憶

只在

我的夢裡過境

2013.12.4

讓風箏上天

誰說　相聚預約了別離

十月　海水般流漾的青春

凝結在那一片秋

水波間透著徐風的溫柔

紙鳶隨風而上

隱隱約約

彷彿

海上帆影點點

夕陽中流動

是遠方滿載思念的小舟

就此泊岸

在暮色寧謐的

深秋

2013.12.1

望海

是誰

立下了誓言

若干年後

海岸的沙灘

斑駁的岩石

時間狂嘯成壯麗水花

輕撫的是

冰冷的海風

我像等待引領的羔羊

等待著牧羊人

醒來的千百回中

只有海潮

輕微的回聲答語

2013.12.3

暮之華

當陽光鮮明薰染

我聽到了

枯葉蕭蕭而下的聲音

一如我聽到了

你思念呼喚的聲音

我也看到了

日落宏觀的夕霞

一如我看到了

你那密密幽深的眼神

心從這頭到那頭

繫著你與我世界之間的分寸

風告訴我許多雲的故事

柔柔吹拂間

我看到了前所未見

我聽到了前所未聞

我與我自己相遇了

那一切並非偶然

我便想著

就讓我當一顆頑石吧

舖在路上

落葉低徊在金色欒花小道

美感拙樸在心靈

匆忙和喧囂於此消隱

回到欒花幽幽淡淡的歸處

迎我以靜美

一切祝福

也漸漸化為

千瓣心香

2014.4.24

生命的牆角，一抹靜美

是否 年少的夢太輕狂
是否 美麗的幻想太美
我像牆角綴網蜘蛛
生命侷促在小角落
千絲萬縷 織成一個孤寂世界
獨坐文字天地
微笑看七彩人生
是一片明亮陽光
是一刻恬然寧靜
一朵飛花
一葉新綠
平淡中有醇美
和諧天籟亦盈耳
此時
永恆與剎那沒有分別
我願生命
如藍天上輕雲一縷
淡淡的
就淡淡的一抹
於我 已足夠

2014.3.4

春天的夢

傾聽微弱幽靈的低語
青春像回聲一樣瀰漫
在你眼睛找到了春天的夢
如在清晨水露中
找到了嬌妍欲滴的花

2014.2.14

小集雨陶園

風吹拂著
你在嗎
煙山斜雨的氣息裡
飛舞著記憶灰燼
雨絲纏綿而溫柔
時間湮了思緒
像天色一樣混沌
濕膩的深褐竹影
霧濛的天色雨滴
不知是遠是近
長廊看不見盡頭
彷彿置身黑夜荒原
雨模糊了山的輪廓
我感受著寂靜與落漠
平靜坦然的等候
相隔只薄薄一紙
輕羽卻不喜雨中飄零
我開始想家了

想著遠方的你

千里遠處

彷彿你已開啟

隱隱燈盞等待

等待著

照亮我的夢

2014.2.21

傘下相依

昨日的那場雨

是為我們下的吧

和著雨聲

嗅聞著水滴和泥土的纏繞

想起你

挽我輕輕行過微雨街頭

一杯咖啡

讓相思更濃了

曾經

不為你的期待而存在

而今

卻為你的守候而等待

縱然　你是浮雲一片

而我　總是觸你如詩

在一方沒有你的角落

如果　生命中有相似的挑戰

如果　生命中有類似的遺憾

那麼　就會有個相遇相知的人

想躲都躲不開

雨依然下著

就讓我們一起走長長的路

雖然我在這裡　你在那裡

兩顆慈悲的心

惺惺相惜

藏在

厚厚塵土最深處

有屬於我們的

離奇的　相依

2014.2.20

雨街燈下

我愛上了雨

遇你之前　我討厭雨

雨在窗口

那味道

總讓我感覺無比溫柔

此時此刻我只想

全心全意

去感受這場雨

又是秋涼風起

我知道

你會將我憶起

這樣便已足夠

風飄浮在雨的氣息

像情人間

藏不住的情緒

心思在意念裡游移

我愛雨的味道

你知道

這樣就好

今夜　你的心上

是否　也下著雨

明日　請容許我

著淺粉的羽裳

在微雨的秋涼

書簡抒發

我那　飄然篇章裡

我的　傲慢與輕狂

2014.2.21

想你

一朵落花
總會令我泫然
一陣風聲
總也喚起我悲涼
一種晚秋氣息
總撩撥著纏綿相思意
我看不見
悠悠白雲的抽象畫
我聽不見
晚風純淨的豎琴聲
總在紅塵五里煙波
看沙丘的虛無樓閣
時間
也總是停留在那一夜
像神話
久久不教人遺忘

撩撥心弦的是我
佔據整個心靈的是你
心情像一片雲
飄浮著你的影像
那日沒有夕陽
你的眼神有些迷茫

霧的重圍
煙如潑墨的雲翳
兩個身影　在雨中流浪
傘下有我的追尋
我們相挽走著
躊躇裡　走出了美麗

你的聲音猶在耳邊
你的面龐　漸模糊看不見
我將眼睛閉上
想著那條街
是林間也是花間
三分美麗七分夢囈
那是一簾細雨的古典
若水之湄的驚悸
溫柔　寧靜　和諧
那一瞬
你我彷彿已永遠
也注定了
我們今生的
想念

2014.2.21

海角天涯之紙燈吹熄

聽風鈴　在屋簷下

敲碎一個　頓悟的冥思

持一碗茶　品苦澀的香

時然知足

因為記得了　和果的甜

赤足看山看水

走過拱門長廊

就著泉水一口

展信之間

紅蜻蜓　正夾翼站立

數著腳步聲

遠遠地　看見了　一紙燈

你的臉　火光中

燐燐發亮

而我那　失去歸引的靈魂

沒有遺憾

如果紙燈　就此吹熄

我依然　還能找到你

就算　走散了

石板路盡頭

枯枝默然依舊

浮水印的臉

落葉隨風

月影裡　有迎香花瓣

微光中

顫動　微微

2014.4.30

道旁小花

鐵道旁的小巷弄
火車鳴笛聲隆隆
靜中暗藏
參差錯落小花紅
霏霏細雨裡濛濛
光點斜影嬌憐容
瑪瑙身影笑迎風
喜相逢
閃著一身亮

2014.2.12

我的蝶古巴特

不凋的花　不凋的夢

朵朵葵花　若亮雲一片

映照在我心上

清霽了隱晦的小窗

花雖無葉　淡藍平面

有些輕微感傷

零丁躍出的畫意

賦予狂放不凡的生命

給我鮮明不凋的印象

像看畫 卻賞花

神秘的珠彩

誘引我

入了梵谷的夢幻

2014.2.6

寂

此事

無關風與月

時間靜靜

沒有等待

也許有人來

風之歌

輕吟於衍生水仙

懷抱一株淒美

我心上的人呀

你能否告訴我

空寂的時候

風兒

對你說些甚麼？

2014.1.24

浪跡天涯

不做什麼

只等日光推移

想像自己

在一個

沒有人認識自己的遠方

假裝一切仍完好

陽光正溫暖著髮梢

靜靜躺著

醒來　在不同的窗前

也假裝無傷

也許

只是簡單行李

便已足夠

讓我　浪跡天涯

2014.1.22

鏤刻之影

當我抬頭

遠方拉布蘭的天空遼闊

依舊蔚藍

依舊漠漠

那些割捨不斷

那些揮手不去

或更湮遠的年月

每一次匆匆走過

總帶著虔誠的思情

沈默而忘了言語

看著趕路人的背影

走過時間

漸漸　走成一個黑點

在我的視線　消失不見

2014.1.17

卿卿，輕輕

初綻一朵

黃色鬱金香

主題曖昧

旁白模糊

賦詩不成詞

墨畫為景　了無意境

也許遲來了

我夢囈的飛翔

夜空已遭放逐

浪沙的風流

遲來一步

心

悠過黑山白水姿態

起落中等待

輕輕的

我等盼

我的卿卿

2014.1.8

思念的眼

誰的眼角起了霧？
因思念你而朦朧
翩然立在幽蘭小徑
天邊朵朵飄雲
彷彿
垂著層層薄紗
隱身在戀戀心湖

風兒是你
寒煙是我
清歌林中迴囀
惟眼瀲灩相對
你我
便醉在白色的繾綣

2015.1.28

微風拂過

晨風微微
在我髮間
有水草的繽紛拂過
彷彿
是我的婉約
浣洗著你抑鬱的眸
幽寂的光影角落
風捎來書信
我寄放在雲裡

山的背後尋我
此時不是時候
只因
每棵樹都是陌生
每一個驚心的轉彎
連淙淙溪流
都不再分明

2015.1.31

夢中你來

踩過幽徑松子的足音
是你
與寂寞窗櫺的和聲
我撿拾著落地松果
等著你

夜風靜靜
傾聽不眠的你
也靜靜
吹熄那柔柔燭火
趁著夢境
帶我去
去夜色裡
看月光婉約

凌過光暈
你笑　我也笑
靦腆的
柔情自黑林中
昇起
彷彿一方

任你偎依的萍水

倘若明晨醒來
窗外落著雨
那將是我
縈念你的輕漣
漣紋有我
遺落的印痕

2015.1.29

空白詩頁

嘩然一季寧謐
在身後
如海風吹向無限
只需一些空白
你偶爾也想起
我的離去

黯然的天色中
也只需一絲微弱的光
遠帆便有指引
在風浪裡
你會記得我
那晚夜爐火
我為你的祝福

林中落葉輕輕
帶著風的怨嗔
冷冷鬱結
是那褪色的幽淒
請你不要忘記

寒冬過了　春就會來

哀愁只一點點
雲端有棧戀的星
是雨夜中
藍色街燈下
猶亮的光

2015.1.31

自畫像

雨是不是

比寂寞更寂寞

在被遺忘的鏡前

醉意在風中敘事

面朝雨聲

林花搖擺

所以 落英紛紛

淺嚐一只杯酒

找到關於抒情的字彙

但筆劃略帶酸味

閱讀過一盞心香

嗅聞到

關於愛戀的氣息

你還想探索

關於聽海的故事

卻讓回憶浮沉

一場雨後

我沉溺在

愛與被愛的矛盾

你的自畫像中

隱約有我

凋零的美

2015.2.9

春晨

時間凝作亙古的靜

每一刻

都是回憶

當我仰望

風雲隱逝了

在天地之外

走在微風的早晨

想像

我見你時的訝然

總以為

你會拾貝在海邊的沙灘

希臘愛琴海的故事中

我是唯美維納斯

你是太陽神阿波羅

在地中海的神殿裡

花幡飛片片

蝶輕舞翩翩

今在林野

若清新的水仙

花叢中

綠蔭下

你如風行

將我輕輕掬起

那美

宛若透明泉水

反照英氣的你

幽幽映我心扉

2015.2.19

臨窗

你像是一個
站在河畔的旅人
看水的溫柔
卻不尋覓
一葉擺渡的小舟

怕是沒有
遙望的燦爛
怕是走近
驚擾了我
夢境裡的霧色

許是不想
遠處的火樹銀花
瞬間裡
化作了
燈火闌珊

2015.3.26

煙花三月

枕著雲煙
我想著那
煙花的三月
臉頰的一抹緋紅
蘊釀在
等候花開的季節

這是一個
長長的故事
希望你能聆聽
老去之後的我
慢慢地
娓娓向你訴說

2015.3.26

雲水，無心

風塵吹落
誰的多情的眼？
是你　是我．
任風吹亂窗前的書卷
一頁頁
樸素或華麗的句讀
洩露給天地的沉默
不偽飾離苦的真實
不否認內心的焦灼
向光線裡的塵埃
如魚在水中　雲在天
涼月如眉桃花雨
山色鏡中看
雲水無心

2015.3.26

沐夏之情

不能追蹤
已逝的陽光
卻已
染過暮色的昏黃

一室之光
牆上的影
畫角
也著上夏日的妝

此時
晚雲來了
我合著眼
想念如湛藍湖光

收容那過境雲彩
聽聞夜裡
風的
嘆息聲

2015.6.3

微光‧歌吟

聽
那滿簷風鈴清吟
歡樂的音
心事崩解在烏托邦
卸下我
快樂的偽裝

星星眨著
精靈的眼
風兒獨奏一曲
多情的密密相思
詭譎　如月光寶盒
溢滿　一屋寧靜
．
夜的序幕
　深淺的歲月足印
許是
古老故事裡
遨遊旋律的一抹放浪
星星　太陽　月亮

等待時

莫名的悸動

只為補捉

現實片刻的真

波心雲影

輕輕掠過

放飛的靈魂

撩人花香裡

追尋

回憶的永恆

2015.4.4

入夢之歌

魔鏡　魔鏡

是誰串起

我幽夢一簾？

是誰哼起

心門歌聲？

午夜

鐘聲十二響時

不想

鬱鬱種子

柔成悲歡

不忍

艷紅玫瑰

一瞥失去氛香

魔鏡　魔鏡

情深處

相思濃

容我

滑進你的眸

風雲相逢的霎那
夜蟬不再喧嚷
月光照亮著你
溶入我的夢

2015.4.18

一杯咖啡，名釋然

想你的時候
風吹著
白雲飄然
而你　在哪裡

是否
雲早已料到
相遇的時光
註定短暫

所以
腳步輕輕地來
也
輕輕地走

當我抬頭
仰望天空
屬於我們的時光
在微笑中匆匆

夢

總在遠方

我正煮著一杯咖啡

名叫釋然

風有些亂

我的心在你手心

我願意

只為你

典藏我們

美麗的相遇

2015.5.26

悠揚拂風裡

彷彿
走過了一個邊緣
我在生命的調色盤上
虔誠而心悸地
當著生命的畫師

躑躅於
回憶的夢中
腳步輕輕
只怕那
銅鈴般的葉
飄然落在我眉上

不要揮手
不是勾勾小指頭
就能情深意動
風不要驚醒
我
親切的夢遊

2015.6.4

葉笛聲中，聽雨

你是誰
從哪裡來
像是一個
疲憊的旅人
走在雨中
不辨方向

每個人
都在旅行嗎
還是
誰在誰的故事裡？

彷彿聽見
葉笛還在吹響
而你是否依然
一個人
雨中沉默

2015.3.26

驚鴻，雨中

雨還下著
妳的寧靜如畫
堅忍走在夏雨中
石橋的倒影裡
只是一瞥
我便難以離去

路在轉彎處
樹影在眼前模糊了
妳淺笑著
洋溢著被呵護的幸福

這一場雨
濕透了路
街燈泛著亮亮的光
若不是
這雨下不停
也許
我不會想起

想起

若干年後

心裡依舊藏著

一條這樣的小路

濛濛細雨裡

傘下有妳

2015.6.9

心若那拉提

又見藍天
窗外悠悠然然
白色的雲朵
波動的海風
撩撥著潮水

我喜歡那海
深藏不露的湮然
夕陽
散落著金　色花灑
總是遠遠地
回頭對它凝眸一望

宛如那拉提
甜潤如水的心
那一刻
喜悅正慢慢的滋長
風雲中賞日出
看月落
聽自己的靈魂

聽天與地的　喁喁私語

參悟生與死的解脫

恬淡的心

只有天風

只有　　霞紅

時間之外擁抱寂寞

留一方純淨

不再迷惑

2015.6.11

雲泥，劃痕

從來
你不在我思念的道上
往事如煙
悸動中湮然

青澀的幽谷
飛雲寄我
以你
無語的凝望

我在五里霧中輕歌
以水草之露
溪岸的清瞿
華燈初上之際
我無法看不見你
昨日已冷漠的心

習慣
在你我之間
如歌行板

小夜曲中聚集
淡然
若雲泥劃痕

2015.7.1

植夢，為你

你說
允諾不會蒼老
紅葉不會褪色
你的微笑
供我收藏
一顆青春的心
為我飛揚
那是
一處植夢的地方

當我
獨坐記憶長河
擁抱
能不能許可？
若我不能忘情
是不是
夢也寂寂？

為你
朝朝暮暮的守候

無盡無悔的等待

而今不再記起

歸夢

在這樣的暗夜裡

無雨風卻來

孤燈影下

敲窗也急

2015.7.2

蔡梅芬

蔡梅芬政大公共行政系畢業。以真摯筆觸書寫生命歷程，在經歷坎坷的情感世界，將心中美好的憧憬，化作優美詩詞，療癒自己也發人省思。在網路書寫詩歌多年，蔡梅芬字裡行間充滿浪漫情懷，撫慰眾多為情所苦受創心靈，也讓他們在困頓生活中，依然擁有浪漫情懷，持續樂觀地生活，這唯美浪漫的詞句，深深打動都會男女寂寞的心，累積許多讀者忠實支持。而她永樂觀，友善面對生命中接觸的每一個人，散發溫暖的磁場，激發許多讀者投入創作行列，幫助人找尋生命喜樂，更足堪稱許。

詩情畫意 2

我的世界
只有你最懂

作　　者：蔡梅芬
美術設計：許世賢
編　　輯：許世賢
出 版 者：新世紀美學出版社
地　　址：台北市民族西路 76 巷 12 弄 10 號 1 樓
網　　站：www.dido-art.com
電　　話：02-28058657
郵政劃撥：50254486
戶　　名：天將神兵創意廣告有限公司
發行出品：天將神兵創意廣告有限公司
電　　話：02-28058657
地　　址：新北市淡水區沙崙路 25 巷 16 號 11 樓
網　　站：www.vitomagic.com
電子郵件：ad@vitomagic.com
初版日期：二〇一六年七月
定價：四三〇元

國家圖書館出版品預行編目 (CIP) 資料

我的世界只有你最懂　/　蔡梅芬著 .-- 初版 .-- 臺北
市：新世紀美學，2016.07
面：　公分 --（詩情畫意；2）
ISBN 978-986-88463-9-5（精裝）

851.486　　　　　　　　　　　　　　　　105007509

新世紀美學